Ambulancias

Julie Murray

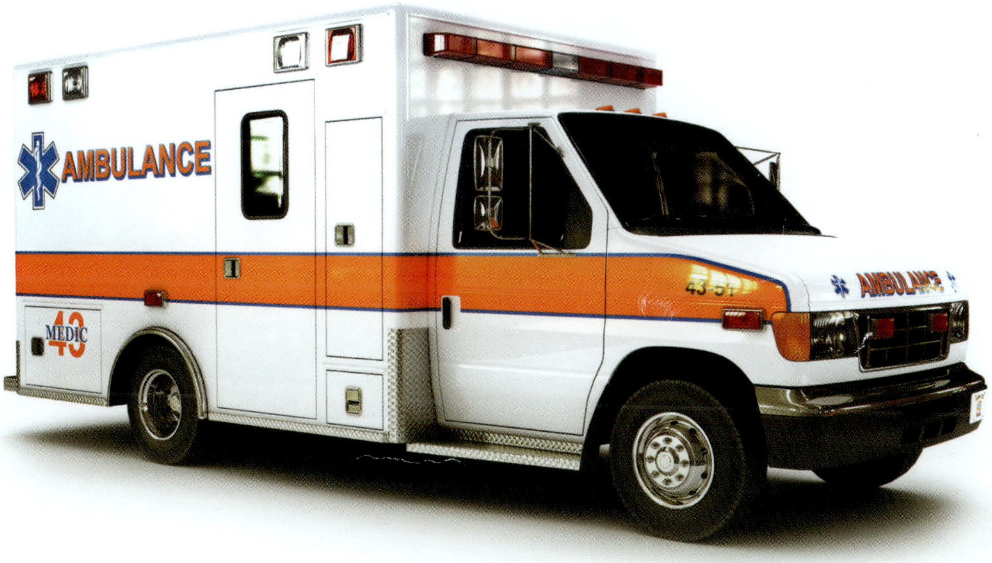

Abdo
MI COMUNIDAD: VEHÍCULOS
Kids

abdopublishing.com

Published by Abdo Kids, a division of ABDO, PO Box 398166, Minneapolis, Minnesota 55439.

Printed in the United States of America, North Mankato, Minnesota.

102016

012017

THIS BOOK CONTAINS RECYCLED MATERIALS

Spanish Translator: Maria Puchol

Photo Credits: iStock, Shutterstock

Production Contributors: Teddy Borth, Jennie Forsberg, Grace Hansen

Design Contributors: Candice Keimig, Dorothy Toth

Publisher's Cataloging-in-Publication Data

Names: Murray, Julie, author.

Title: Ambulancias / by Julie Murray.

Other titles: Ambulances. Spanish

Description: Minneapolis, MN : Abdo Kids, 2017. | Series: Mi comunidad: vehículos | Includes bibliographical references and index.

Identifiers: LCCN 2016947552 | ISBN 9781624026430 (lib. bdg.) | ISBN 9781624028670 (ebook)

Subjects: LCSH: Ambulances--Juvenile literature. | Spanish language materials--Juvenile literature.

Classification: DDC 629.222/34--dc23

LC record available at http://lccn.loc.gov/2016947552

Contenido

Ambulancias

Las ambulancias van rápido.

ANCE

La sirena suena fuerte.

Las luces parpadean.

MEDIC 21
GMC
085374
M-21

Esta ambulancia va al **hospital**.

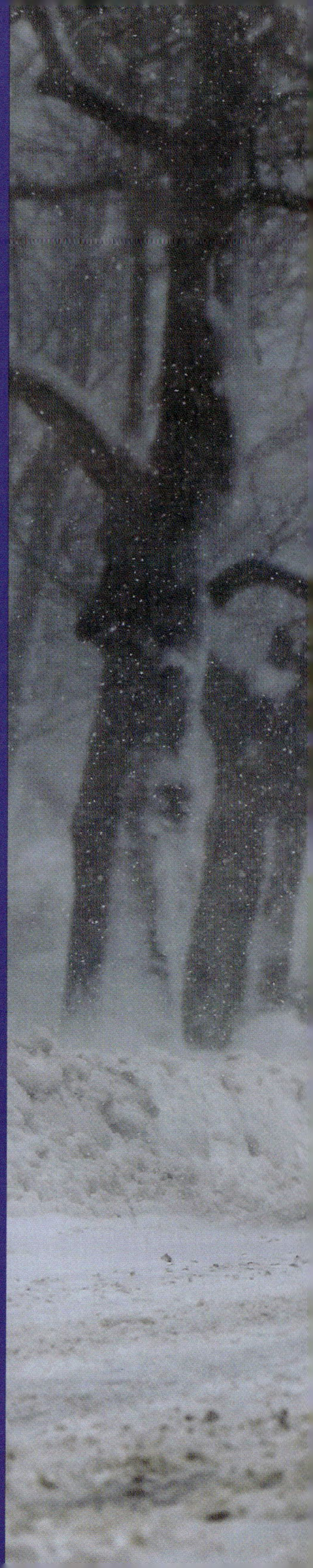

FIRE-RESCUE
AMBULANCE

Alguien está enfermo o herido.

AMBU
CE

El equipo los ayuda.

Maya necesita primeros auxilios. Se ha hecho daño en el brazo.

DELAVAN
AMBULANCE

Ben necesita ayuda. Ha tenido un accidente de coche.

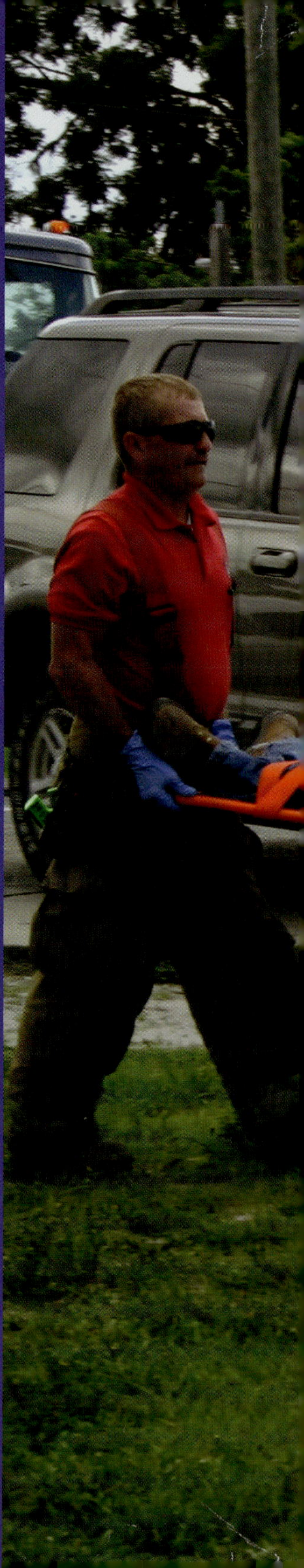

Pam está en una **camilla**.
Una camilla es una cama
con ruedas.

E TRANSPORT

¿Has visto alguna vez una ambulancia?

5
5
AMBULANCE

Partes de una ambulancia

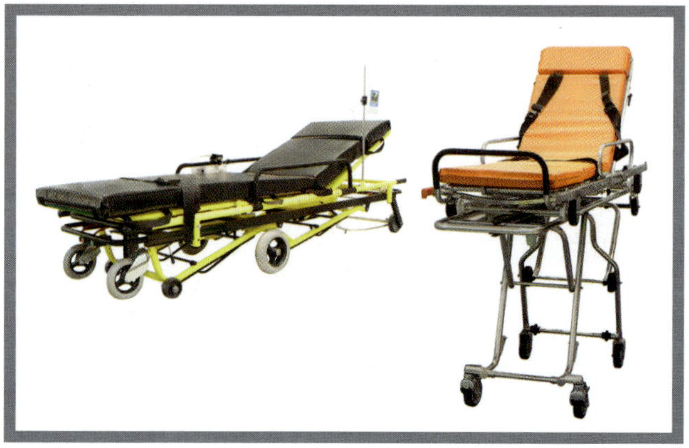

camilla

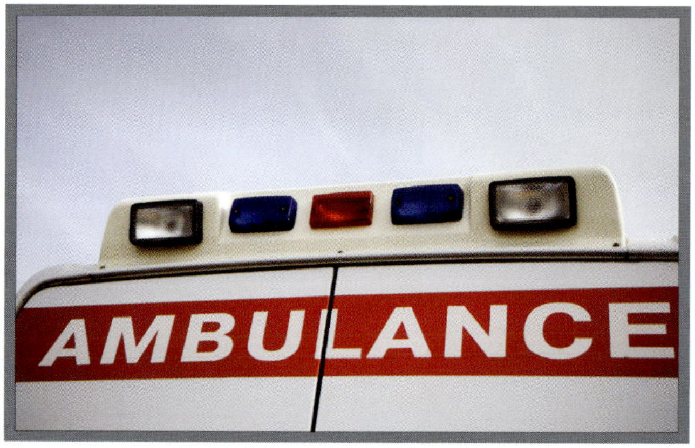

luces

equipo

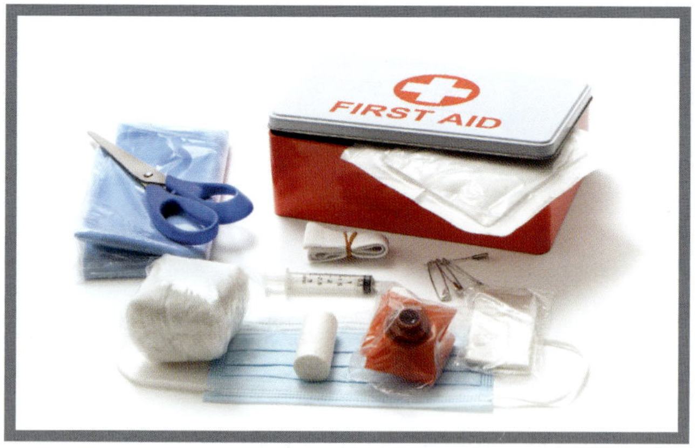

material para primeros auxilios

Glosario

camilla
cama pequeña con ruedas y barras para trasladar a los enfermos.

hospital
lugar donde las personas enfermas o heridas van para curarse.

Índice

abdokids.com

¡Usa este código para entrar en abdokids.com y tener acceso a juegos, arte, videos y mucho más!

Código Abdo Kids:
MAK1286